你沒有更好的命運

黑眼睛文化

任明信

獻給 我的母親和 H.

每天每天，你都更靠近死亡一點。

此刻我再也無法躲藏，自那些特別的人的眼底。
再無法竄改、更動、辯駁、矯飾自己。

眼前的這些就是全部了。
沒有美醜好壞，沒有善惡，除了純粹的真實。

如果你能，什麼都不問，我也就能什麼都不說。
這樣，是否你就無從得知我的來處？

事物繁生的宇宙，每個活著的片刻都是現在。
來處不重要，來處只有祝福。

情感的符號　　阿流

世界何其嘈雜？有時我們並不容易聽見自己心底微弱不明的響動。所有的
心念、訊息，紛擾來去，多數時候我們的內在處於聾盲瘖啞的狀態中。我
們向某某某、某某某學舌，企圖複製成更多的詩行；或者急於釐清現下，
而遠離了詩。然而最不容易出現的自覺，深刻的自覺，應該出現在一首好
詩、和一本好的詩集裡。這名創作者專注、凝煉、嘗試，從心之井底，把
純粹的回聲打撈上來，顧城引用西班牙詩人洛爾迦的句子：「瘖孩子在尋
找他的聲音」。（有人會在遠處，靜默聆聽。）有人則一直試圖調整音質，
校準到最理想適切的語感狀態之中。

因此更得要迴避那些粗略的感想，生活裡伸手一抓的浮沫，輕易、便利、
取寵，自覺的詩人得明白捨棄什麼或擷取什麼。有些詩人以文字磨利感官，
或左或右的試著機鋒，黛玉曾自評：「到底傷於纖巧些」，然而詩人必得
是最嚴格的檢視者、最危險的試驗者。儘管不夠傾向大歷史大敘事，不見
得全有益於濟世救民、革故鼎新。但有時我極其偏執地支持這類型的創作
理念，「我的孩子，必須有這種小事 / 才可以讓生命活下去。[1]」在學院裡，
擘劃出一個無邊界的生態園區，當成詩人的超越。

「……技能，僅僅是物質材料的組合，或者是為了人的需要對自然物質的
一種修飾，它不過是對現成東西加以安排而不是一種創造。與此相反，一
件藝術品則要遠遠高於對現成物的安排，甚至對物質材料的組裝。有些東
西從音調和色調的排列之中浮現出來，它原來是不存在的，它不是材料的

1　引自復刊《現代詩》第十三期，希臘詩人李愁斯＜希臘＞詩句（譚石翻譯），1988 年 12 月，
頁 35。

安排而是情感的符號。」[2]

看著這些原來並不存在的「情感的符號」，以及隨符號而來起伏呼息的波動，我彷彿識得這文字的來歷，這文字主人的精神實體，他對應世界的方式，他的知感經驗，他的生命關懷，以及他對文字操作的態度和習性。這些文字的形神，有些銳利，有些細微，有些朝向外界，當然也有很多內部傷害的本質，也就有可想見的愛、隱忍以及溫暖。

於是讀到＜缺口＞裡深入日常的情愛：「你靠著她頸項，鼻尖深陷她身體／想起她早晨撩起頭髮／問你哪天要去游泳／想起一間深夜的超市／你們突然地擁抱，再擁抱／她撫揉你的髮梢像要剝落靈魂」。讀到家族血親之間的拉扯：「他不會叫，媽媽／還不能自己出去玩／偶爾母親會陪他／拿美工刀在他的手上畫畫／畫長長的掌紋／寫父親的名字／／母親和他的男人習慣／把菸熄在他身上／因為家裡沒有／菸灰缸」（＜好命＞）。或可遇見內在的崩毀：「你看見事物紛紛落下／揚起一些灰塵／你感覺到地鳴／海面退出地平線外／真空般安靜／此刻陽光異常刺眼／／你知道你就要看不見了／就在下一秒」（＜感覺練習＞組詩中的＜憤怒＞）。還有一些自我與他者的顯影：「他沿著血跡走近／說他是愛著了／一切的不美好都其實美好／他深深愛你殘疾的思想／斷缺的雙臂／愛你癱瘓的下肢／失能的心／／你們將一起走／海面再不會有別人的漣漪」（＜無題 04＞）

2　引自《情感與形式》，蘇珊．郎格著、劉大基等譯，商鼎文化出版社，1991 年 10 月，頁 51。

我們對詩還有怎樣的期待？在我們已身經文字百戰而衰老重複的此刻？詩集中最常出現的「孩子」，是否能引領你的目光看出成人情感世界的形狀？「孩子」是否是我們內在的還原？在嘲笑、世故、詐騙、暴力之後，清醒的還原？藉由詩的還原，才更進一步進入輯四「有神繁生」的意識中？

許多像是戮力張口才浮露而出的字句，越來越深邃地說著得來不易的悟念：「慢慢習慣了祂的健忘／也不再過問世界／究竟是不是祂的」（＜有神＞）、「失去聲音之後妳／開始聽見其他／聲音是能量傳遞／是宇宙震盪／產生的漣漪／妳變得更知覺／慢慢長出了觸角／妳變得更溫柔／妳的脈搏會是他來到世界／初次聽見的聲音」（＜凡生＞）。詩人的感知像是充滿了另一層次的理解：「老人說話的時候／你要專心聽／那是世界／蛻化後的悲傷」（＜無欺＞）。

文字有了生命的重量，啞孩子說出了自己的語言。與明信的師生之緣很可能是頻率的關係，我們的溝通幾乎毫無阻礙，我很愉悅地感受到，我們在差異不多的頻寬裡追尋詩的核心價值。猶記這個男孩子上了幾個星期的詩創作課後，便來找我當指導老師，當時我有點懷疑自己，也懷疑他。然而他極能穎悟詩裡些微的歪斜之感，或許和音樂、影像或者運動的素養有關。祈願他努力成長的文字之樹，在風裡搖曳。

阿流 2013 年夏日祝福

張梅芳，筆名阿流，文化大學中文博士。現任東華大學華文系助理教授，研究現代詩，曾出版詩集《身體狀態》。

沒有身世的人——讀明信與他的詩　　吳俞萱

麥可漢內克《狼族時代》裡有個隨處闖蕩的少年，不在乎外界流轉，不屑於誰的停留。他是他自己唯一的守護者，也是唯一的侵入者。他摒棄安全感，樂於做一個沒有身世的人。

明信就是這樣的狼族少年，不去理會更好或更壞的命運，因為他將如實接受一切，無所期待無所等待。這是我們相識時，他在我眼裡的樣子。

我們不常碰面，難得遇見就聊聊奧修、聊聊漫畫、聊聊電影。有次寫信給他，說人的自然狀態就是做到孟子所說的擁有「是非之心」：自己覺得是的，就全心去做，不管這個世界怎麼看待自己想要的；自己覺得非的，就心無旁騖地捨棄，不管這個世界怎麼看待自己捨棄的。他回信說：「那麼，既不覺得是，也不覺得非的呢？像是某些慾念，不是那麼正確卻又覺得無錯。」讀到他說的這句話，我忽然就懂得了他與他的詩。

他手臂上的刺青「X」就像他的存在。他令自己置身在不同向度的事物與不同層次的情感匯流「之間」。於是，他擅寫各種處在灰色地帶「之間」的物我關係。例如〈思念不是愛〉與〈背德〉，以及〈日心說〉：「伽利略告訴我們／地球不是宇宙的中心／太陽也不是／誰來告訴我／你也不是」；〈位置〉：「有些線是看不見的／看不見於是也無法跨越／不小心踩到的時候／聲音會變成灰色／原本能輕易理解的／變得無法理解／例如／／你的眼神／無意碰觸我手背的指尖」；〈盲城06〉：「去程與回程 / 都有各自的風景／習慣了白晝的景深不代表／你就能獨自入夜」。

而他的詩作自然投射出來的生命觀，即是「不成為什麼」卻無盡地想像「自

己可能轉化為無數什麼」的慵懶與開放。從渾沌處來，不急著擺脫或釐清，他嘗試感覺渾沌，思考渾沌，成為渾沌。任美好與殘酷的日常靜靜流過，不去對抗也不特別擁抱。不拘形式地棲身在各種流動變化的具體際遇與情感思緒之中，成為一名充滿雜質也充滿靈光的，沒有身世的人。

吳俞萱。寫詩、電影評論，著有詩集《交換愛人的肋骨》。

目 次

輯三　更好的命運

輯四　有神繁生

輯 一

成 為 影 子

成為你的影子

就可以

在面光的時候

躲在你身後

或在背光的時候

成為你的風景

我知道的不多

我知道的不多
我的眼睛不那麼好,無法看見
你看見的風景
我不一定聽得懂
你在那頭說什麼
就算有時你會走到我身邊
但我有手,有腳
必要的時候我會跑
會拿起槍
我知道我不會怕你

我不知道人死了以後
會去哪裡

但我知道一些

不能山寨的東西

還有氣球

放開手就會飛走

知道好人也會說謊

知道自己的年紀

即使世界也有

消失的一天

我知道的不多但

我知道，當我把手放在口袋

你就會向我靠近

宇宙學

日心說

伽利略告訴我們
地球不是宇宙的中心
太陽也不是
誰來告訴我
你也不是

可能

他走過來對你說
這世界沒有上帝
沒有天堂
也沒有輪迴
你的人生都在這裡

星體

我們所見到的
只是你過去的樣子

水星

想要搬去水星雖然
水星沒有水
水星離太陽比較近
他的一年
是地球的三個月
我想那裡的冬天比較短

大爆炸

如果生命未曾出現
是否就不會為了逝去而難過

黑洞是黑色的

關於崩潰的故事
發生在恆星將死之前
重力不斷增強
於是形成連
光都無法遁逃的場域

超弦理論

空氣中存在著
各式各樣看不見的弦
不同的擺盪產生不同的扭曲
於是激發出能量

一切可知

與不可知的現象

我想這可以用來解釋

你出現時的音樂

冷暗物質

宇宙中

除了星球

以外的那些

身體裡

除了回憶

以外的那些

光年

與其說是距離的單位
我更相信那其實是某種
墜落的速度

宇宙

霍金說
整個宇宙
正在互相遠離
這是我聽過
最悲傷的事情

謊

你嘴裡吐出蘋果
紅紅艷艷
你自眼底取出刀片
削起蘋果

蘋果一顆一顆
變成好看的小人
你笑著說
蘋果不能吃

我也笑著
拿起小蘋果人
一口咬下
覺得喉嚨溫熱

原來是你
眼底的刀片
還留在裡面

傷停

如果我們也有

等待對方

痊癒的時間

夢中婚禮

你們
都穿著好看的白色
而喜宴是酒紅色

這裡沒有我們
熟識的朋友
沒有彩色的氣球
可愛的孩子

只有玻璃零星
不斷靠近，不斷
敲擊，擱淺

一個你
坐在我身邊
說畢竟

是我們的婚禮了
一直想要的婚禮

另一個你緩緩
走來向我
舉杯

小事

/

帶著拍立得和日記

一起到我們的秘密基地

接吻

並寫下心得

交換

/

嘿 我有東西要給妳

就把手握緊

放在妳手上

猜猜我給了什麼

/

騎腳踏車載妳

妳那麼輕

車輪不需要我踩

它自己會動

/

妳很漂亮所以

他們都討厭我

那些男孩揍我

逼我說妳是

賤女人

我不說

只是大聲地

罵髒話

/
我將行李換到左手

問妳左手
有沒有空因為
剛好我的右手
有空

/
一起出去玩
卻吵了架
回家的火車上
我們沒有說話

妳討厭我了吧應該
那為什麼又

把頭靠在我肩上
妳睡著了嗎
我問

妳說
睡著了

傷心的時候

傷心的時候就抱著貓

貓柔軟

貓不理你

傷心的時候

就抱著你

送的魚缸

魚缸沒有水

魚缸有魚

舊衣

/

嘿，你在嗎
聽不聽的到我說話
櫥子裡有點冷
幫我烘乾身子好不好

/

究竟有多久
沒有抱你了

/

你知道嗎

相較於投幣式的溫暖

我更傾向太陽

/

嘿，你在哭嗎

幹嘛把耳朵搗起來

別哭了要不

陪我一起脫水

/

好吧其實

我也厭倦了你的身體

/

偶爾散步的時候

就想要幫你剪頭髮

頭髮太長總是

割傷我的眼睛

/

將我割傷的時候

你看見血了嗎

1

弄髒你了嗎血

我的傷口是否弄髒了你的身體

嘿，可不可以幫我撐開傷口

沒關係你可以

把眼睛閉上

我會自己縫

缺口

你在床邊看著，窗外陽光
緩降在植物身體
想像她走近，耳朵靠著你的胸口
掌心緊貼你的背

想起每次從身後摟她，親吻的時候
她的手指在你肩上迂迴
你靠著她頸項，鼻尖深陷她身體
想起她早晨撩起頭髮
問你哪天要去游泳
想起一間深夜的超市
你們突然地擁抱，再擁抱
她撫揉你的髮梢像要剝落靈魂

如今，你走在黃昏的街道

看見一只困死在樹梢上的風箏
想像以後在鏡前穿衣
扣著零亂的鈕扣
日漸習慣領帶的歪斜

恨意

一種單純的

對傷害的反射

已經不愛你了

卻還是狠狠地把自己

烙在你身上

依然不知道那些我無法知道的

譬如夏天

夏天就要來了
日光越來越長

只在夜晚試圖瞭解對方
越來越不瞭解對方

光在牆邊龜裂
某種啟示也許
她喜歡
躲在音樂盒裡練習單腳旋轉也許
心情壞的時候不想牽手
就這樣分手說好
在愛著你的時候專心
不寫詩給你

索性

某天你突然想去旅行
後來你有了另一個家庭

某天我突然想去旅行
後來就一直站在雨裡

困惑

她跟你告白後

你們一起去野餐

聊著從前的朋友

你提到的名字

她都不記得

你發現她一直

在把玩衣服上的毛線

轉過頭

看到路旁有對

正在吵架的男女

覺得此刻莫名熟悉

後來你們去跳舞

但侍者記錯你的座位

你們點的瑪格莉特

變成了龍舌蘭

你們舞也沒跳

就離開

回去的路上她問

去你家好不好

你點點頭

她哼起一段旋律

突然開始下雨

然後你打開電台的音樂

雨勢越下越大

她依然哼著熟爛的旋律

你覺得車子像隻擱淺的鯨魚

有光慢慢打在你們身上

彷彿所有人都在看著

你已經不想演了

這就是故事的結局

婚

/

愛人呼喚著
我的無名指
用最好的聲音，問我
紅色的信要寫給誰

/

我要送你很多好吃的餅乾
過於甜膩的糖
送你螞蟻和
我新家的地圖

/

你會得到一張紙

上面寫著你們的名字

你會說願意

你會從他的口中聽到

從今天起，還有

你現在可以

/

愛人流著眼淚看我

不在意以後

跨年

幸福的城市
充斥著各種幸福的人

天空絢爛地爆炸
你卻只看見黑夜

夢到你在

夢到你
在我枕邊
問我睡得好嗎

作了惡夢
我說
夢到你看不見我
你說我是
看不到
但聽的到

然後醒來
你在我床邊
看書我問你
現在幾點
你頭也不抬
五點半

我說我夢到
你一個人走了

我看著

長長的公路

是座巨大的月台

像在霧裡

你朝我揮揮手

並不看我

車子從我身邊經過

我看著

然後醒來

檯燈

一個人的時候
深夜的房間
是危險的
我愛你

位置

/

你挽著我的手像朋友
喜歡對我說那些
令你傷心的事

/

說的時候你靠我很近

你也真喜歡靠著我
讓別人誤以為
我們是戀人
也讓我誤以為

/

有些線是看不見的
看不見於是也無法跨越
不小心踩到的時候
聲音會變成灰色
原本能輕易理解的
變得無法理解
例如

你的眼神
無意碰觸我手背的指尖

/

我知道，有些善良不一定溫柔
就像有些手適合握緊，有些
適合錯過

/

有時你的溫柔比芥末更殘忍

/

喜歡從背後看你

帶你去一個無人的城市，走長長的路

你彷彿就要轉身

彷彿就要看見我

給虹

下雨的時候
好像離你比較近會不會
終其一生都想望著
初見面的光景

我也想跟你一起
迷你走過的路
渡你奔跳過的橋
嘗試一種墜落
比電梯更快，比夢
更無助
或把睡著的你，放進甕裡
慢慢釀成酒
供我在雨季時
小口小口地喝

假裝天空不曾晴明
你也不曾離開

一切的毀壞從未發生

和你相遇所需的準備

都已完成

輯 二

末 日 遠 行

盲城

00.

如果不知道自己
一直站在巨人的肩膀上
就永遠看不到
巨人的眼淚

01.

失明後的城市
無序的街道輪廓，建築物線條
踩空的腳步，手指摸索
你慢慢可以感覺到
路上，他人的脈搏震盪

02.

你看見

路上的人認領好自己的死亡

靠著安全的一側，順服地

繞著刻度移轉

03.

這個無神的時代

即便你帶著故事死去

也無法變成星座

04.

回憶著幾個最愛的電影畫面：

下雪的夜，忽然闖進的提琴手

悲傷的演員們成群

走向海邊

迷路的女孩提著空鳥籠

廣場上散落滿地的行李

你總記得美好的事物是如何出現

卻想不起它們後來

消失的軌跡

05.

想挑出甜美的果實

請試著理解不好看的那些

06.

去程與回程

都有各自的風景

習慣了白晝的景深不代表

你就能獨自入夜

07.

原來如此

進化的太快，或太慢

都會滅亡

08.

想像一座充斥盲者的城市

從此你有你的骰子而

我有我的陀螺

讓所有的未知再輪迴

符號重新擁有意義

再沒有人會降生在悲涼家庭

軌 ——— 記工人臥軌事件

他們躺下來的時候

也像木條

直直的，一愣一愣

沒有溫度的你以為

可以輕易輾過

有些事就像剪指甲

不需要流血

但剪得太深

就會

有些時候平庸就像歪斜

的剪刀

怎麼剪

都是肉

遠行

目盲的她自他的臂彎起身
赤腳走路
沿途開出紅色的花

走過樹，還有樹
青苔的味道
夏天
葉脈潮濕

晴空
鮮豔的雲游過
草木蒸發著
陽光恣意穿過她的身體
溫暖，而痛

紅花越開越美麗

她覺得輕盈

是可以浪費的時候

花慢慢

慢慢收束

他一直沒有醒來

魔術師

一個說
我愛你
在掌心畫下籠子，吹口氣
你就變成鳥

一個默默
剖開身體
取出自己的靈魂
沒有人明白
沒有人鼓掌

倖存

如果一切都順利

隨著計劃發生

即便是迫害，和災難

只要悲劇的結局

是可預見的

我們就能繼續覺得這個世界

很好，繼續相信

可以在民主的國家出生

就是幸福

只偶爾在地震的時候心悸

每天睡前

都要努力祈禱

海豚真的會轉彎

輪盤永遠不會

指到所愛的面前

對神，一天比一天

更虔誠

取代

有的時候就是這樣的

如果把大象放進冰箱
需要三個步驟
把長頸鹿放進冰箱
就需要四個

末日

我是真心希望你們來找我
帶著你們的靈魂
不帶多餘的期待

我們是如此幸福
關心的人都紛紛離開
太陽越來越溫暖
可愛的動物們正
可愛地消失

還要繼續失眠畢竟
海水尚未淹沒我們的床
我們不要睡眠
但如果你想
我會願意哄你

在沙灘上為你

攏幾朵浪當棉被

夜裡錯把航機當成流星

許願並且真的實現

什麼事也不做一天

不再擔心飢累

沒有什麼再會耗竭

遺民 ———— 致我親愛的政府

你還沒死透
我卻成了你的遺腹子

也曾有夢，夢裡
青空轉成赤紅
一步步在降
星星都變成黃色
才知道盼望的白日不會來了
黑夜再沒有指引的天狼
靜靜瀰漫的卑微感
揮之不去
我在夢裡傷心
遲遲無法醒來

如今你的好
都蓋不過我的恨了
夢裡醒來
竟發現你用溫水煮我，燉我
以為我血是冷的
就不會痛

我以前沒學會痛
謝謝你讓我明白
日子永遠可以更難
臍帶原是切不斷的
我再恨還是流著你的血

我在這裡傷心
現在才是最痛的時候

伴郎

他喜歡參加別人
勝過自己的婚禮

他可以忽視所有的眼神
卻無法將目光自
新郎的身上移開

他終於錯過自己的婚禮

好命 ———— 記一則社會新聞

他還小
還沒學會說話
他穿著別人衣服
像塊小破布

他不會叫，媽媽
還不能自己出去玩
偶爾母親會陪他
拿美工刀在他的手上畫畫
畫長長的掌紋
寫父親的名字

母親和她的男人習慣
把菸熄在他身上
因為家裡沒有
菸灰缸

他還小，還沒學會笑
媽媽說他的哭聲
比別的孩子都好聽
但他沒聽過別的孩子哭
他以為哭
是一種禮貌

那天母親拿著斷折的桌腳
走過來說乖，不哭不哭
他就真的不哭了

他很乖，想問媽媽好多問題
在快要睡著以前

沒關係等我長大
長大再問吧

大人

你變成這樣
不是一天兩天的
從爬行開始
到學會站
曾經那麼渴望天空
覺得自己不用翅膀就能飛
現在只能躲在金屬殼裡
看著雲朵慢慢遠離

你的第一棟房子在海邊
你親手蓋的
浪一來就融化你
眼睜睜看著，並不覺得失望
在你還小的時候
生日願望總是快快
快快長大
長大以後絕對
要當個好人

現在，你長得很大

你的房子也比從前更大，更強壯

生活已經不再有風浪

房子卻跟著你

一天天融化

當初是誰讓你更懂得世界

更懂得愛

也有它應有的價格

是誰教你更懂得

承諾孩子那些

你從未打算實現的事情

你眼睜睜看著

你變成這樣

並不覺得失望

妻子

男人抱著花走

想著早上的夢
想起她，和她
曾經光潔的頭髮

男人已經習慣
一個人吃飯
習慣黑暗中
對著枕頭說話

他想跟她說
他曾夢過她
是一個喜歡
在雪地行走的尼姑

他想跟她說

卻在夢裡忘了

自己就是她

出家的原因

冬雨

不可理喻的蛇
自窗隙遊入
裹住恢復良好的舊疾
隱隱作痛

求死 ——— 記死刑廢除

如果能彈彈手指
就讓你即刻死去，如果能
將你活過的時間都歸還
是否就可以阻止你當時信手
刪減了他人劇本

抹去存在，作為一種
不該存在的特權
枯葉被踩碎時也有聲響
獨自走在路上不要
刻意踐踏別人的草皮

如果活著不需要資格

是否死了就能無欠世界

你永遠無法確知他人

的痛楚，就像同一張電影票根不能

帶你進入

下一間電影院

選擇繼續揮舞旗幟

大聲宣示立場

或者勇敢地強暴

那些強暴他人的人

不去殺那些

殺了人的，只是

將他們的手扭斷

將仿冒的痛苦歸還

機巧地留下仇恨的本能因為

悔過需要天份和

不斷地努力，因為

你知道其實並不是

每個人都那麼值得

活下去

天之驕子

過目不忘的孩子
記得每一雙被穿過的鞋
不記得那些
穿過鞋的臉

孩子喜愛動物
未來想要設計一個
溫柔的屠宰場
愉快地殺死動物

過目不忘的孩子
不懂人們的眼神
他不適合擁抱
不擅長說再見

絕滅 ——— 記台灣雲豹

他不是離開

而是完全消失

此生你所見所念都是影子

消失了意味著

不被得到

他的靈魂將永遠

無從知悉

脫離了繁衍和天擇

成為山林的傳說

一如山林自身

也將成為世界的傳說

我們如此聰慧

卻甚至無法存有他的身體

只能相信

他真的變成了雲

回到山神的懷裡

傳訛

已經不是問卜的年代就

不要隨便走在陰影下

他們會說你畏光

就算你真的

怕，也要勇敢

走到太陽底下

他們不會在乎你曾被什麼燙傷

已經是更適合肢解的年代

他們想剖開你的聲帶，想知道

你臟器內的一切

你的靈魂會不會排泄

疼痛的時候

和他們有什麼分別

他們耐性十足，見縫就能插針

他們沒看見你咬緊牙關

但你嘴角有血

他們就群起鼓掌或許

按讚留言

說原來，原來你不是人

是吸血鬼

詩人

他坐在火堆旁
用手撥弄著火堆裡的鑰匙

有人走來
拍拍他的肩
臨走前再帶走一把
烤好的鑰匙

他經常哭泣，總是
心存感激
只因為那些偶遇
就願意了一生
替他們老

鑰匙越來越少
火越來越稀薄

闔眼之前

他夢見自己

變成火堆

然後遠遠地

看見他

走了過來

輯 三

更 好 的 命 運

遠雷

隻身的你划著船
剪開了水
慢慢在湖面散滿圖釘

隻身的你
只是來自異域的一次心跳
不是光，或熱
你走得慢卻
感動世界更多

無猜

喜歡小孩，喜歡

他們細細的聲音

說著軟軟的話

看著他們拿放大鏡經過

你無法覺得殘忍

那是螞蟻的錯

不該走在陽光下

是放大鏡的錯

不該輕易地

將一切都放大

喜歡看他們相親相愛

再因為一些可笑的誤會而分開，

各自長大

希望他們好好地長大

從沒忘記過彼此

也再沒見過彼此

你沒有更好的命運

/

關了燈後

傢俱接連死去

螢幕的光映在他臉上，閃爍

空氣像深海

房間裡有人的心在跳

一些聲音不再被忽略

/

花瓶裡的花不會

在被觀看的時候凋零

你在陽台點菸

那明滅是宇宙裡全部的星球

/
杯子要破的時候
人是不會察覺的
懂得裂開的杯子往往用得更久

/
捉迷藏

躲得越隱密的小孩
越是渴望被發現
天就要黑了
這次又沒人找到你
習慣就好

/

身體會留住他人的輪廓

記憶只會是自己

想要的樣子

/

謊言被拆穿前不也真實

我們各自認領了他人的喉結

用最好看的臉來

粉飾太平

/
路上

輾過別人輾過的動物屍體
不要用別人的方式難過

/
而難過是等值的嗎
我們的傷心是否一樣

/
你自己走

遇到一些善良的人幫你開門
你要說謝謝
確認好門的位置
自己走進去

相忘

就從少見的事物開始
像是虹魚，白雪
忘記朝露就是雲的降生
忘記明礬
是為了讓什麼沉澱

接著是更日常的那些
像是喜歡的菜，拿筷子的手勢
春茶適合
什麼樣的水溫
忘記酒
喝多了會醉，擁抱的時候
鎖骨輕輕敲擊

然後

才是你教會我的

像是鱗粉是因為蝴蝶

的振翅，去欣賞每一朵花

但不是每一朵

都可以聞

像是愛

淡逝之後

該用怎樣的速度轉身

像是夜，夜裡

我是如何

用詩自焚

思念不是愛

就像擁抱也只是擁抱
走得快並不等同奔跑
火焰就是火焰
就像顏色
存在本身不需要依附知覺

你渴望被需要
渴望是一種感覺但愛不是
你思念著，思念
是用來召喚記憶的催眠
你試圖讓自己快樂
但愛也不是快樂
愛只是與他們共存

當你忌妒著有時
渴求毀滅
你認為恨也是愛
你在白天無法看見星球

並不代表星球不存在
如果有天你聽不見了
世界依然會有音樂

所有的答案都有最好的問題
可惜你不一定能知覺
也許愛更像是光，或熱
是一種狀態，願意為所愛之物
犧牲的狀態就像
純粹的暗

海市

他們都說那裡沒有綠洲

而你仍依戀世界的美好
獨自走過荒野
你的聲音被風吹啞，偶爾停下
倒置了鞋跟如沙漏失去時間

有些事永遠困難
例如寫一首快樂的詩，適切地
表達自己的立場
釐清他人的想法並試著
不再那麼憤怒
你一直都在練習
慢慢在塵暴中能睜開雙眼

寫實

看他在風裡走得那麼平穩
以為容易
卻不知道自己就是故事
失足的那個

送舊

離開有我的場合
沒有向誰道別
只是遠遠看著，想像
自己拍拍他們的肩頭
對每個人都笑

曾經我們無話不說
如今我們卻都知道得太多
最後一次刻意經過你
像只失去瓶蓋的瓶子
也許晃動是更危險的那麼傾斜呢
天空流著看不見的雨
這次就牽著我的手
不要幫我撐傘

背德

偷了你並不真正

需要的東西

沒有色盲依然

闖過了巷口

分開之後

很快地牽起另一雙手

曾說過無論如何都會一直愛著

遇見了更喜歡的

還是想要佔有

不能去想像一個人

一生都做正確的事情

沒有任何一朵玫瑰

懷著同樣的刺

慾望是種子你

無法任憑它生根

卻不開花

不結果

如果只凝視自己，當你

伸出雙手，也只能擁抱自己

道德不能使你更善良

但若能感同身受

一個人也許不夠健康

卻可以選擇

為了摯愛的事物

而強壯

崩解

預告是無雲雨

卻黑洞般降下

透過傘骨震傷你的手

每個水滴都在穿過你的身體

在雨裡讀詩

雨水沾濕書頁

你臆度著是否折返，或者

就變成樹

你臆度著究竟該變成什麼樣的樹

才能無懼雷電

回到房間你

依然聽得到雨聲

你感到放心

知悉此刻

宇宙靜緩下沉

感覺練習

悲傷

想像一種病是這樣的
瘋狂地想念某個
完全陌生的人
有生之年
你只見過他一次
他幾乎是沒有名字的
像嬰兒
但你卻完全愛上他

鍾情

一切，都停在這裡
靠窗的位置
午後平靜
他說著不在雨天
出門的原因
然後雨落了下來

她在玻璃上
呵一口氣
慢慢畫了把小傘
說這次
這次別再弄丟了

一切都停在這裡

飢餓

聞到蜂蜜的香氣
人就慢慢變成了熊
同時你也渴望魚的腥紅
卻怎麼也想不起楓葉的顏色

快樂

是絕對的
盲目不去比較其他
在念起時微笑
能清楚擁抱不問緣由
毋須渴求善良能夠
全心全意地愛
即便被毀棄
即便會熄滅

悲哀

善於跌倒仍
喜愛奔跑

憤怒

就在下一秒
你不知道你就要聽不見了

你看見事物紛紛落下
揚起一些灰塵
你感覺到地鳴
海面退出地平線外
真空般地安靜
此刻陽光異常刺眼

你知道你就要看不見了
就在下一秒

絕望

一種無限迴圈的快樂

過去

那些你真正愛過的
都不再聯絡了
卻還是常會夢到他們
過的並不好
你給的傷口依然清晰
依然在流血

念念

記憶中眼淚一直不停

從沒見過他們這樣

你教我識字

讓我懂得寫

關於人的一生折磨

懂得為別人哭

邊笑說好死不如賴活

對著你唱了我們好愛好愛的歌

最後也是泣不成聲

要走的時候你

拍拍我的肩膀

說了什麼很輕很輕的我

卻差點無法呼吸

如果你能不忘

我一定也能

永遠記得

在心上打個結

心一跳就變成蝴蝶

晴 朗

大氣狀態良好
看的到天空，是藍色的
那是跟海不同的藍
你看得很清楚

你看的到山
山是綠色的，靠得比平常近
山上有很多樹
不只是高聳的土堆
天空飄著幾朵雲
像燃燒的氣球
有白有灰
飄得很慢，很自由
不像要向誰靠攏

有人走在路上預告著夏天

你不想看

就別過頭

山的背後還有山

的輪廓，再過去

路上已經沒有人在走

你繼續看，看到了海

你忘了形容但

看得很清楚

你看到有老人跟小孩

對著植物指指點點

有動物在草地上睡眠，覺得今天

很適合前往

你狀態良好

看得比過去清楚

你對自己確定

從來沒有這麼確定

發生

如果雨要來
你會先看見雲
你可以躲
或選擇淋溼

如果雪要崩
你會先聽到風
然後一切
都來不及了

葬海

你走的時候比海更靜
不像你來
雨下在海上比身體更冰

用較小的崩潰來抵制
更大的暈眩
在愛與棄的時候
每一個臟器都像獨立
心是濕的
胃在抽搐
骨頭隱隱作痛
對不起
你的灰我沒有把握能認得出來

願你的世界比我更平安

更善解人意

願你的船濺起的

每一道水簾都藏著彩虹

願你踩踏過的蟲翅

都變成花葉

作品

你的小孩
自兜售的那刻起
變成了一塊木頭

無題 01

就習慣了自己
陰晴不定
惦記著許多同時
緩緩遺忘它們

依舊是走在霧裡
那麼地在意著花
習慣了去想念一些人
不常見面
和不再見面的
一種令我感到希望
一種使我寧願
一生遠離人群

無題 02

終於不再夢見了很好
雖然路上看到像你的人
心還是會跳

謝謝你曾陪我等雨
謝謝你為我變成了雨
謝謝你讓我一個人學會撐傘

謝謝你曾是火
謝謝你願意
讓我是你的飛蛾

無題 03

後來他們都明白了我

陽光普照的午後
事物有自己的影子
好好的
烏雲靠在角落
秘密依然被謹守
街上還沒有人開始掠奪
不屬於自己的東西
麵粉堆著
米缸有米
鹽吃起來像海的味道
你的臉是自己

無題 04

他沿著血跡走近
說他是愛著了
一切的不美好都其實美好
他深深愛你殘疾的思想
斷缺的雙臂
愛你癱瘓的下肢
失能的心

你們將一起走
海面再不會有別人的漣漪

靜物

安頓世界後
終於也看見了城市的雨
也下在心裡

黑暗有黑暗的輪廓
衣櫥裡掛著衣服
不是每一件都愛的你清楚
越常穿的就越容易壞

想要去旅行
行李箱一直是空的
該把什麼裝進去呢
除了逐日年老
腐生蟲蟻的軀殼
肋骨還傻傻地

保護著無用的心

而我將不再哭泣了
不再將最愛的書頁反摺
因為自我之後
不會再有人讀它

生繁神有

歧路

樹生的孩子
走不出森林
被樹愛上的人也是

村莊一旦離開
就回不去了
森林裡多了更多
被愛的人

孟婆

讓妳苟活的不是

既望的未來

而是對往昔的依戀

守著一座

一生只走一次的橋

靜靜待著人們經過

妳安份

喜歡陽光

妳愛哭

愛做料理

妳的湯

很好喝可惜

沒有人知道

有神

/

祂說：要有光

我在暗處

問祂為什麼

/

我們小心翼翼

將祂豢養著

偶爾放祂出來

拯救世人

/

花園裡有樹

樹上長著果實

果實有蟲住著

祂偷偷餵樹吃藥

蟲走了

虛空才住進裡面

/

慢慢習慣了祂的健忘

也不再過問世界

究竟是不是祂的

/

神過度專注於世界的展演

不小心踩死了人

被踩死的人都有罪

包括他們的小孩

還有小孩的小孩

我在暗處

問他為什麼

凡生

失去聲音之後

妳變成了容器

吃下世界的暗示

變的廣大而深

身體越來越肥碩

用針輕碰就破

失去聲音之後妳

開始聽見其他

聲音是能量傳遞

是宇宙震盪

產生的漣漪

妳變得更知覺

慢慢長出了觸角

妳變得更溫柔

妳的脈搏會是他來到世界

初次聽見的聲音

大聖

後來，他有教你識字嗎
你可曾讀過自己
辛苦取回的經文

是否會懷念
那段睡在山腳下的日子
如果當初沒有遇見
現在你的頭髮
該有多長

你一個人的時候
會不會也像我
常問自己是誰，為什麼
別人都有父母
你只有石頭
擁有那麼多變化
卻不敵乏味的生活

畢竟旅行

對你太容易

雲總會帶你去

你看過山上的流火

聽過妖精唱歌

你也像別人一樣好奇

他的味道

是不是吃下一口

就能長生不老

但你始終沒有逾矩

他們都不知道你

其實喜歡他誦經的聲音

喜歡在他面前假裝

你的痛是因為他

無欺

小孩說話的時候
你要專心聽
那是世界
成型前的歡愉

老人說話的時候
你要專心聽
那是世界
蛻化後的悲傷

殉水　　　——— 記《海獸之子》

海生的小孩
沒有鰭，沒有鰓
潛泳的時候不像魚
也不像人

小孩的骨骼柔軟
皮膚乾燥時常
需要灌溉
睡著的時候
世界只有植物醒著

小孩懂海
愛聽海的語言曖昧，聲音漸層
聽海多話，海溫柔

海對他解說珊瑚

也是星系

潮水鮮豔的有毒

鯨豚不比水母神秘

世界其實有更多陽光

也無法涉及的場域

海生的小孩用腳走路

用翅膀游泳，用眼睛說話

聽不懂的大人們

無法靠近

他們就用火

觸碰小孩

海生的小孩不會痛也

沒有哭

只是慢慢融化

彷彿從未出生

時間

流逝的體感

來自內部的知覺

意識越深就越能聽見

神聖性地銘刻

提醒你正走在未完的歷史

永遠與現世擦身

宿緣

女人留著青苔色的長髮
喝水的時候
雙手掬成小池

女人會順著河走
慢慢變得透明
她在山林間出沒
也走過水下之河
看遍地底風景
河留有遠古時的記憶
河沿著山脈潛行
海是它的目的地
將繁生後死去

如果你等在出海口

張開雙臂

也許可以抱住一件合身的風衣

或在海灘

尋問一個濡水的女人

作為一生的伴侶

葬天

我累了
已經沒有力氣
為你多吐一個字
成為風
去灌溉火
或者更多
我從出生就在等雨停

錯覺那些雲
看起來都像鳥
比我更擅長思想
他們的盤旋該有儀式
分食也是
我從出生
祂就在旁邊看

我沒有角落

能別過身

盡頭等待我的不再是夜

他們終於

開始吃我

我看他們吃

吃得開心也

難過

我看見我的心

是紅色的

曾經我也愛過好人

卻沒有因此得到善良

我真的累了

就把身體還給祂

留最後的願望

給鷹的眼睛

月老

那時我們
一起供奉的神靈
如今看來
更老了

地鳴

鐘般的低語
默默呼喚著更巨大的蛇

閉上眼就能感覺動物遷移
植物劇烈生長
知道水系，土層
礦物裡蘊含著能量
感覺板塊廝磨
擠壓慾望
有些要浮突成山岳
有些就必須沉潛海洋

然後牠微微地
抖動了身軀
像一首難懂的歌

神聖

無論何方

都有其稱謂

作為一種集體的約定

約定存有歷史

然而歷史純粹

關乎時間

女媧

結果妳走後
天才真的破了

也想學妳將事物鍊成
填補他們的世界
可惜我投入了所有
才發現自己只是一顆
妳捏造過的泥灰

當時妳忘了多備些玉石
專注拯救心屬的世界
忘了告訴他們
真正支撐天空的不是獸足
而是慈悲

山神

記得你從來的地方

石坡會滑動
岩層會走位
土地是你的衣服
住過了就一直穿著

家鄉的山上寄宿著
年老的靈
你喜愛看山冒炊煙
想像他也會餓
要吃土地的食糧
要洗澡
要休息
睡覺的時候也學人
閉上眼

盤古

誰比你更懂得老
更懂得孤獨

曾經你睡著
被你懷抱就是全部的世界
直到某天醒來你
舒展身體
我們的天地從此永遠

傳說白晝是你的左眼
夜晚是右眼
如果你真看見了
此刻的世界
會不會寧願當初繼續長眠

如來

發生一些事
讓你以為一些人

以為遇過了礁石
就能看見港灣
才發現燈塔駐守的只是
更遼闊的船
原來天地的盡頭沒有神
除了山，還是山
經過這麼多年了
竟還被握著

如果真的你到來
攤開手
會不會看見我還在

還俗

把頭髮留長
再剪短
把輪迴還給佛
世界的歸世界
把願力還給眾生
讓他們自己去
化自己的緣

把墜落還給懸崖
讓失足的人
懂得後悔
把岸還給海
在山脈融化之前
把夢還給日月

後記

在一所小屋 他梳理
一張肖像——
畫中人的根根秀髮
和絲絲布紋
聽一位老年人對她說
但願除了你我
別人都沒有經歷過愛情

—— 翟永明《我的藝術家友人》

/

孩子長得特別，小眼睛，小小的耳朵，大大的鼻子，一張笑得很開的嘴。
這時候的他很用力呼吸，容易餓，每天需要吃很多東西；他很貪吃，但不
挑食，只要是長得好看的，摸起來溫暖的，他聞一聞味道，不討厭，就直
接丟進肚子裡。這時候的他眼睛跟耳朵還不好，他的眼睛太小，只能看的
到樹幹與身邊的花草，無法看得遠，也還沒有水窪；他的耳朵有些內折，
只能聽到某些音域的頻率，因為聽力不好，所以也就常常聽不見別人在叫
他。

他們大聲地喊他，問他要去哪裡？
他不知道，他一直沒有聽到。

孩子曾經相信生命的至高就是愛情。一切的愛都包容，卻唯有愛情能使人徹底自由與不自由。他深愛這樣矛盾，一如所有的神秘，夢境，事物的真名。他漸漸長大，感覺到身體裡有了火光，足以融化吞下的物體，他感覺身體在吸收事物的原液，一點一滴地茁壯。

他的眼睛變大了點，但左眼卻比右眼大得多；他的耳朵不再那麼內折，卻更加扭曲；嘴巴變小了，但依然要吃很多東西；只有鼻子看起來沒變，但偶爾會呼吸困難。

是的，呼吸困難，剛開始的時候只是不住喘氣，後來越來越劇烈，嚴重的時候孩子幾乎要窒息。他的臉脹成紫色，渾身發抖，最後昏過去，醒來往往已是深夜，就這樣躺在汗濕的床上，直到再次睡著。

他的生活就在日常與病發之間反覆。他上課，進食，睡眠，一如往常地做夢。他的食量比以前少，也不再像以前輕易地把事物吃進身體，自發病之後，連呼吸也變得小心翼翼。他現在長得更奇怪了，右眼看起來還好沒什麼變，左眼卻異常巨大，足足佔了臉的四分之一；耳朵兩隻雖然長得差不多，卻同樣醜陋，像路上被輾過的蝸牛。他的聽力變得比以前更不好。

隨著年紀增長，發病的間隔越來越短。孩子很難過，他從來沒有這麼痛苦。他很害怕，因為他越來越聽不見他們說的話，也越來越不懂世界。

孩子長得越來越醜，越來越沒有人疼愛，漸漸地，他變成了妖怪。

/

如果這是個悲傷的故事，應該就在這裡結尾。
原意是要寫自己的創作歷程，不知怎地卻說了個故事。

我其實也可以這樣訴說的：鉅細靡遺地條列每一次文學性的衝撞，配合當時的現實生活、情感狀態，夾敘夾議。在進研究所之前，對文字的摸索一如夢遊，著迷某本書或作家的時候便進入深眠，此時身體依然循著習性行走，不解路上風景因為眼睛始終緊閉，不能算迂迴因為從未認路。抽離的時候便是醒了，睜開眼後的世界也許還在自己熟悉的地域，也可能是完全陌生的城市。
後來進了研所，藉由課程、師長的介紹、學長姐的推薦、同學間的分享，認識了許多好作品。它們之中有些是所謂的經典，有些單純是自己偏愛，共同之處就是讓我觸碰到了真實。

而我最喜歡詩，因為它撼動人類的方式簡單又直接。我同時認為詩最迷人的地方便在於如何『簡』。如何將捕捉到的真實凝練成美好的樣子，這是自己上研究所之後首先面對的問題，好一段日子幾乎都無法下筆，花了近兩年才終於找到自己的語氣。暫且克服了語言。
詩意是由語言和思想構成，找到自己的喜愛的闡述是一半，找到催生能量的場域則是另一半。隨著年紀滋長，漸漸發現詩確切地無所不在，更多時候很可能並不在名為詩的文體之中。在創作詩集之前曾想過是否要主題式地進行，但自己當時並不能確切地說明自己想寫的是關於什麼，而是在書寫的過程中藉著自己公轉的軌跡去發現自己一直繞行的那個命題：命運。

我能夠平安地走到這裡，能夠以自己的方式理解世界，看到境況以外的風景，都是因為命運對我的眷顧。為此我已有心理準備，可能用罄了至今所有的幸運。

《你沒有更好的命運》分成四輯，分別為《成為影子》、《末日遠行》、《更好的命運》、和《有神繁生》。這四輯分別象徵著自己四種不同的創作歷程，各自有其企圖與嘗試，輯一主要為情詩，以對自己呢喃的方式作抒情練習；輯二企圖用詩反映社會上的時事群像，針對性的思辨與自省；輯三最親近現實，為自覺、情感與創作狀態的摹寫；輯四則是對世界、神話、可名或不可名的神紙的叩問。
作品並非依照創作的線性時序，而是內心的狀態序列。剛開始分類本意是如此，但最後編排時仍做了些微更動。是洗鍊了偏好進而影響模樣的呈現，也希望能夠讓讀者看到自己蛻殼的痕跡。

克里希那穆提 (Jiddu Krishnamurti) 在《關於活著這件事》說：只有當思想停止活動的時候，愛才會出現。

可否容許我只說到這裡。

/

孩子終於變成了妖怪，倒在路旁。只有花草、樹木願意對他說話，試圖要救他。但孩子意識越來越模糊，眼中扭曲的世界也開始崩離。

他感覺到是最後了，死亡走到他耳畔。
這時，樹上傳來些微聲響。
大人打了個呵欠，慢慢伸了個懶腰，從樹上溜了下來。
他看到死亡，然後是孩子。死亡張開了嘴，準備向孩子低語。
大人大吼了一聲：嘿！

世界動了一下。動物們摒住氣息，植物停下了生長。
死亡抬頭看了看，起身慢慢走開。
大人扶起孩子，將他帶回家。用乾淨的濕布擦拭他重病的身體，取溫煦的溪水讓他喝下。孩子在照料下恢復健康，但被生活折磨的臉龐依然醜惡異常，五官的功能也還沒恢復。

大人把孩子抱在懷裡，溫柔地，慢慢地跟他說話。他說他以後會照顧著他，會教他聽，教他看，教他怎麼吃下事物，怎麼抬頭挺胸，呼吸。他會讓他變得好看，他說以後會在他眼睛裡點上水窪。

孩子心懷感激地看著他，問他是誰，為什麼要這麼對他好。

他說，每個孩子都有自己專屬的大人，但他們不一定能找到彼此。

『你很幸運，你知道嗎？』他說。

　『我是命運。』

你沒有更好的命運

作者	任明信
封面圖	鄭博仁
設計	劉克韋 coweiliu@gmail.com
出版	黑眼睛文化事業有限公司
地址	100 臺北市中正區林森北路 5 巷 9 號 3F
電話	（02）2321-9703
傳真	（02）2321-9713
E-mail	garden.hhung@msa.hinet.net
印刷	鴻柏印刷事業股份有限公司
贊助	財團法人│國家文化藝術│基金會 National Culture and Arts Foundation

初版	2013 年 8 月
二刷	2014 年 12 月
定價	280 元

ISBN　　978-986-6359-32-3

你沒有更好的命運 / 任明信作. -- 初版. -- 臺北市：黑眼睛文化，
2013.08
　面；　公分
ISBN 978-986-6359-32-3(平裝)

851.486　　　　　　　　　　　102015676